CLARE Y AXEL

UNA BREVE HISTORIA EN EL SUR DE CALIFORNIA

Z. A. ANGELL

TRADUCIDO POR

AINHOA MUÑOZ

Publicado en 2021 por Next Chapter

Arte de la portada por CoverMint

Edición: Elizabeth Garay

Textura de la contratapa por David M. Schrader, utilizada bajo licencia de Shutterstock.com

"¡Quiero montar en moto acuática todos los días!", anunció Clare a la impresionable edad de doce años, cuando su hermano Harrison (Hunn para los amigos, la familia y las novias) la llevó a dar un paseo a Huntington Beach. Esta regresó a su casa, en Napa Valley, para soñar despierta con el profundo color azul verdoso del mar, las gotitas saladas del agua, el efecto del viento, los veleros y barcos a motor en el horizonte y la lejana línea arenosa de la playa con las ciudades y las montañas que se levantan por detrás.

Tras su graduación en el instituto, la decisión de Clare de asistir a la Universidad Estatal de California en Fullerton se basó en la cercanía de la facultad a las playas con olas durante todo el año y en la temperatura moderada del agua, así como en el domicilio de Hunn. Este aceptó guardar su moto acuática en su garaje e intercambiar autos cuando ella necesitara su camioneta para remolcar la moto acuática.

Así pues, en septiembre de 2010, Clare inició el camino académico para obtener una licenciatura en Justicia Penal y perseguir la futura carrera de ser una brillante detective. Y por supuesto, surcar las majestuosas olas del océano Pacífico casi todas las semanas.

FULLERTON - FEBRERO DE 2011

-Nunca más-dijo Clare furiosa de camino a la bolera.

Su compañera de habitación, Britney, la había convencido para que fuese. Entonces aparecieron Dave y su amigo Cody el bocazas. "Tendría que haberlo imaginado", pensó ella. Ahora, Clare no podía echarse atrás, así que hervía de rabia en el asiento trasero del vehículo. Golpeó la mano de Cody, la cual estaba preocupantemente cerca de su rodilla. Este había ignorado todos los esfuerzos de la chica para dejarle bastante claro que no le agradaba.

-Clare, sé amable-advirtió Britney desde el asiento delantero.

-Todavía no le he dado una patada, ¿verdad?

Dave y Cody se rieron. Ese era el problema: no la tomaban en serio.

Podría probar la utilidad de mis clases de kickboxing- reflexionó Clare con tristeza.

-Es casi el día de San Valentín-rio Britney-No querrás estar sola, ¿no?

-Sí. Mucho-Clare clavó su codo en las costillas de Cody-

Mantén los ojos en la carretera, Dave-le dijo al conductor distraído.

La partida de bolos empeoró a una velocidad alarmante. Britney y Dave no podían quitarse las manos de encima y Cody hablaba y bebía mientras Clare le ganaba sin piedad. Este pudo haber sido un jugador de béisbol lo bastante bueno para estar en el equipo de la universidad, pero no, jugaba a los bolos. Ella tampoco, pero se concentró en el juego. No tenía interés en detenerse en los pensamientos que podrían estar pasando por el cerebro ebrio del chico.

-Te dejé ganar, cariño-dijo Cody de camino al auto. - Soy esa clase de chico.

-Sí, seguro-Clare esquivó su intento de poner su brazo sobre los hombros de ella.

-Dave, déjame conducir. Estás borracho- esta preferiría recorrer caminando los quince kilómetros que había de vuelta al apartamento, antes que ir en el asiento trasero con Cody.

Quince minutos después, mientras Dave y Britney se tomaban su tiempo para desenredar sus extremidades y poder salir del asiento trasero, Clare entregó las llaves del vehículo a Cody.

-Nos vemos después-dijo. Mucho después, cuando los dinosaurios vaguen por la Tierra otra vez-rectificó mentalmente.

Este parpadeó sin comprender nada. - ¿A dónde vas? -preguntó.

-A la casa de mi hermano-de ninguna manera volvería al apartamento con esa panda.

- ¡Oye, cariño, no puedes irte ahora!

Clare ya estaba a medio camino de su coche y no se molestó en reconocer el grito.

- ¿Qué necesitas de tu hermano, Clare? -por lo visto Britney se había arrastrado hasta el exterior.

Clare giró la cabeza a tiempo para ponerse fuera del alcance de Cody.

-Déjame sola.

Este se balanceó ligeramente-Entra.

-Piérdete-lentamente metió la mano en el bolsillo.

Él apretó los dientes-Nuestra velada juntos aún no ha terminado-dijo.

-Sí, ha terminado. No me cabrees.

Sus ojos se abrieron como platos - ¿Que no te cabree? - este alcanzó a la chica. -Ven aquí-dijo cuando ella dio un paso atrás-Te enseñaré a pasarlo bien.

Britney y Dave eran las únicas otras personas en el aparcamiento.

-Clare, sé amable-rio Britney. Esta debía haber bebido más cerveza de lo razonable.

Clare apuntó con su bote de espray de pimienta en la dirección de Cody y apretó el gatillo.

Clare no se quedó para presenciar las consecuencias de su acto. Esta se dirigió directamente a la casa de Hunn, se acercó a la puerta y tocó el timbre con impaciencia, dándose cuenta muy tarde de que debería haber llamado. No estaba de humor para lidiar con Randy, el compañero de habitación de Hunn, en el caso de que este estuviese solo en casa. En general (o tal vez debido a su amistad con Hunn), Randy mantenía las manos quietas, pero sus cuerdas vocales jamás descansaban.

-Sigue regañándole y no muestres debilidad-aconsejó Hunn.

Ella siguió inevitablemente su sabio consejo (por una vez). Infortunadamente, Randy estaba a prueba de balas contra cualquier insulto. Clare puso sus dedos en el bote de espray de pimienta. Vaya, esta noche la chica no tenía ni un respiro.

- ¡Amor de mi vida! Qué agradable...-la sonrisa rapaz de Randy se desvaneció. - ¿Qué pasa? ¿Clare? ¿Estás bien? - Este abrió la puerta de par en par. Detrás de él, Hunn y su compañero de banda Jeff, levantaron la vista de las partituras que cubrían la mesa.

Clare se dirigió a la nevera y abrió una cerveza, desafiándolos en silencio a detenerla.

- ¿Qué ha pasado? -preguntó Hunn cuando ella terminó de tomarse el contenido de la lata.

- Será mejor que me quede aquí esta noche-hipó. Curiosamente no sintió zumbido alguno.

- ¿Qué has hecho? -insistió su hermano.

- Rocié con gas pimienta al amigo del novio de mi compañera de habitación-dijo.

- ¿Que has hecho qué? -preguntaron tres voces al unísono.

FULLERTON - SEPTIEMBRE DE 2011

Clare llevó una vida nómada en verano. Se fue a casa durante dos semanas antes de regresar para quedarse con Hunn. En su línea de trabajo, Randy viajaba la mitad del tiempo (y más en verano), pero cuando estaba en casa, aquello era un circo. Para escapar de sus disparates interminables, cuando aquella se marchó a un crucero de dos semanas por México, Clare se quedó en casa de su compañera de trabajo (y cuidó de tres gatos, cuatro cobayas, dos loros y una tortuga). Clare se fue con su madre y su padre cuando estos alquilaron una suite en el hotel durante su visita de una semana. En septiembre, Clare estuvo lista para instalarse otra vez en el alojamiento universitario. El primer día, muy temprano, Clare y sus compañeras de habitación se reunieron alrededor del nuevo e imprescindible aparato de cocina: una cafetera de doce tazas.

-Por los novios altos, morenos y guapos-la elegante Liliana levantó su taza.

-Por los exámenes fáciles y pocos deberes-sugirió Alyssa. El año pasado esta aceptó amablemente intercambiar apartamentos con Clare, tras el incidente con Cody.

-Por los sobresalientes para todas nosotras-recalcó la tranquila y seria Sandra.

-Por los viejos y nuevos amigos-brindó Clare.

Chocaron sus tazas y bebieron el café pensativamente.

- ¿Tu hermano vendrá a visitarnos, Clare? -a Liliana le brillaban los ojos. - Mide un metro noventa, es todo músculos y tiene una sonrisa que derrite tu corazón,- le explicó a Sandra.

-Él no es material para una relación-dijo Clare.

Liliana parpadeó sus ojos bien definidos. - ¿Qué sabrás tú? Ni siquiera sales con alguien.

- ¡Sí lo hago!

- ¿En serio? ¿Con quién y cuándo? - La desafió Liliana.

Clare dio vueltas al café avellana de su taza. Salir con Brian en el instituto era una historia antigua, y mencionar la única (amarga) cita (otra vez con Brian) el verano pasado, no servía de nada. ¿La cena con Randy y Hunn contaba?

-Tengo un horario completo con las clases y el trabajo. ¡Apenas tengo tiempo para salir a correr o para usar la moto acuática! Y quiero aprender a hacer surf -dijo. Bueno, quizá su gloriosa fama bastante difundida como chica-dragón tuviese algo que ver con la falta de citas.

O quizá fuese la advertencia pública de Hunn a Cody: "Si alguna vez vuelves a acosar a mi hermana, te haré suplicarle que te vuelva a rociar con espray de pimienta", le dijo.

-Tus prioridades están muy desordenadas, - señaló Liliana. - Y lanzar canastas no supone tener una cita.

Clare se analizó a sí misma de forma crítica en el espejo. Los bolsillos de sus pantalones cargo negros se equilibraban con su cartera, sus llaves y su brillo de labios por un lado y su teléfono, su espray de gas pimienta y sus pañuelos, por el otro. Su sudadera con capucha de color blanco y azul de una tienda de ropa de surf hacía juego con los pantalones cargo, tanto en estilo como en utilidad. El sujetador deportivo evitaba que sus pechos rebotaran. Clare ajustó la cadena de su colgante de concha marina de oro y se colocó un brazalete de abulón en la muñeca. Recogió su mochila de color negro y burdeos y se dirigió a su primera clase de segundo año.

El campus de la Universidad Estatal de California en Fullerton abarca una superficie de 97 hectáreas. Los edificios de varios pisos se pueden describir mejor como pináculos de la arquitectura de la década de 1960, aunque las residencias universitarias son nuevas y eficientes. Clare dio un paseo tranquilamente por el campus, ahora familiar. Las ardillas grises eran las dueñas del lugar durante el verano, pero ahora daban vueltas confundidas como si fuesen nuevos estudiantes, y un conejo raro y valiente saltaba por los arbustos, como si se tratara de un miembro de la facultad intentando esquivar a un estudiante quejica en los pasillos. En septiembre los días aún eran cálidos y secos, con noches y mañanas frescas; aquel día, una fuerte brisa barría los árboles y arrancaba las hojas secas. El viento debe estar desgarrando altamar; habría olas. Eran exactamente la clase de condiciones en las que ella podría levantar su moto acuática en el aire...

-Perdón, -un chico alto y delgado que llevaba puesta una camiseta de una banda de heavy metal se topó con Clare. Su pelo largo y oscuro estaba desaliñado y sus ojos marrones estaban hundidos. Este se hallaba sin aliento. - ¿Dónde está McCarthy Hall?, -preguntó.

-Por ahí-señaló Clare. Aquel era un chico guapo y un nuevo estudiante que probablemente ignorase la reputación intimidante que ella tenía. - Yo tengo una clase allí.

Él le siguió el paso. - Me llamo Rhett, - dijo.

-Yo soy Clare. ¿Es tu primer día en la universidad?

Este se detuvo y abrió los brazos. - ¿Parezco un estudiante de primer año?

-Actúas como uno.

-Me he trasladado. Este es mi tercer año, -explicó. - Parece haber comenzado de golpe. Me quedé dormido esta mañana y olvidé mi permiso de aparcamiento. Así que tuve que aparcar muy lejos y mover el culo hasta aquí. ¿A qué clases estás yendo, nena?

La mochila de Rhett aterrizó en el suelo con un ruido sordo. - ¿Qué le pasa a tu amiga? Básicamente me rogó que la invitara a salir y luego me dio ese maldito discurso de la zona de amigos, -dijo.

-Ni idea. - Clare abrió su cuaderno.

Una semana después de conocer a Rhett, Liliana, la reina del cabello perfecto, el maquillaje profesional y los complementos, se había presentado ante él. Cuando Rhett y Liliana tuvieron una cita, Clare se molestó y se quedó un poco decepcionada; pero un largo paseo en moto acuática por Newport Beach le despejó la mente. Tan solo deseaba no tener que lidiar con Randy al volver o, al dejar la moto acuática. "Te asusta reconocer tus tiernos sentimientos por mí, encanto", fue su último dardo de ataque. "Menudo imbécil", murmuró Clare.

- ¿Quién? ¿Liliana? Estoy de acuerdo.

Rhett buscó en su mochila. - ¡Le dije que si quería ser mi amiga que dejase de ligar conmigo! Te puse a ti como ejemplo, -revisó su lápiz roto y buscó otro. - Se marchó furiosa. ¿De qué te ríes?, - su mochila arrojó un folleto viejo de un concierto de *Wenchless*. - ¿Los has escuchado? Es una banda bastante buena, salvo por el cantante que suena como un león marino hambriento pidiendo pescado.

Por no hablar de que este también solía llegar tarde y a menudo olvidaba las letras sobre el escenario. Hunn finalmente había convencido a los demás compañeros del grupo para echar a Jim, y la falta de organización era el único motivo por el que aquel seguía ahí.

-Los chicos quieren cambiar de cantante, -informó Clare.

- ¿Cómo lo sabes? No serás una fan oculta en el armario, ¿verdad?

- ¡No! Mi hermano es el baterista.

De milagro Rhett estuvo en silencio por un instante-Yo puedo cantar-dijo.

- Claro. Quizá podrías darle una serenata a Liliana.

- Eso sería una pérdida de mi valioso tiempo y talento, - respiró hondo y se puso de pie-¡Quiero rocanrolear toda la noche!, - la voz de Rhett inundó el gran auditorio y silenció el murmullo de la conversación de los estudiantes. Este cantó gritando la estrofa entera y levantó los brazos para dar las gracias al público que animaba y aplaudía. - ¿Qué te parece?

Clare se secó las lágrimas de la risa. - Vale. Hablaré bien de ti, - dijo. Al igual que Hunn, Rhett no tenía vergüenza.

DANA POINT - ENERO DE 2012

-**N**o tengo por qué aguantar esto-Axel miró por encima del hombro para abrirse camino hasta el siguiente carril. La fila de luces de freno que tenía por delante parecía interminable, pero la salida hacia Dana Point esperaba delante de él de forma tentadora. Diez minutos después salió de la autopista, que en ese punto era más como un aparcamiento, y aceleró hacia el puerto deportivo, donde su padre guardaba el barco.

El puerto de Dana Point es una cala artificial para atracar veleros privados. Una acera peatonal recorre el puerto, discurre por el paso superior y los aparcamientos, y termina en el Ocean Institute, un complejo de edificios marrones de un solo piso, conectados entre sí y con enormes ventanas. Harbor Point Park está situado en el acantilado detrás de este, y el bergantín Pilgrim de 39 metros de largo, réplica de un barco de vela de la década de 1830, está atracado cerca de la entrada del Ocean Institute. Durante el Festival de Grandes Veleros de Toshiba, a principios de septiembre, navegan más barcos de vela y después luchan en una guerra de cañones simulada, lo cual permite a los visitantes recorrer los barcos y mezclarse con los piratas en la feria en tierra.

Nada de esto importaba a Axel esta noche. Estar sentado en las reuniones durante todo el día, y conducir en medio del tráfico, le había provocado tensión en los hombros y rigidez en el cuello. Su estado de ánimo era melancólico desde la mañana en la que el sueño que le perseguía durante años regresaba con una venganza, más lúcido que nunca. Una vez más, la chica y él atravesaban una tormenta eléctrica surrealista. La chica forzaba a su caballo oscuro a galopar y se reía antes de desaparecer en el ojo de la tormenta. Él gritó su nombre y se sumergió tras ella en la brillante niebla azul oscuro cuando la alarma le despertó. El sueño siempre aparecía justo antes de que él se despertara. Veía con lucidez el rostro de la chica y sabía cuál era su nombre, pero cuando se despertaba sobresaltado no recordaba nada. El sueño siempre le dejaba descontento e intranquilo, y hoy no era una excepción. Él podía llegar a entender que soñase con la chica perfecta, pero ¿los caballos por qué aparecían? Él no montaba a caballo. Axel sacó su bolsa de gimnasio del coche y caminó hacia los barcos. Él tampoco era un caballo, pero iba a correr.

Axel compartía la acera con una pareja de mediana edad que daba una caminata activa, una mujer abrigada que iba con dos perros, una pareja de adolescentes que se abrigaban el uno al otro, un hombre fumando un cigarro, otro chico que corría despacio con un perro con sobrepeso junto a él, y dos chicas trotando en dirección contraria. La chica rubia más delgada hablaba sin parar.

-Se trata de mi privacidad, ¿sabes lo que quiero decir? Así que le dije que no escuchase mi conversación cuando estaba hablando por teléfono, ya sabes, quizá quisiese hablar sobre él, ¿y sabes lo que dijo? No podía creerlo, quiero decir, eso es tan propio de él...,- la voz de ella se escuchaba a 800 metros de distancia, y Axel sintió lástima por su novio.

Cuando los mástiles del Pilgrim aparecieron ante su vista, Axel era la única persona en el recorrido entre el aparcamiento vacío que estaba a la derecha y la pequeña playa arenosa situada a la izquierda, donde la marea alta se había tragado el banco de arena y casi llegaba hasta la acera. Axel redujo la velocidad al final de la carretera y se acercó al embarcadero artificial; las olas salpicaban y se estrellaban contra las enormes rocas apiladas. La gran piedra que se elevaba sobre el agua apenas era visible a la escasa iluminación de las lejanas luces del Ocean Institute. Una cabeza como de perro, con orejas diminutas y bigotes erizados, apareció en la roca para inspeccionar los alrededores. Últimamente los leones marinos habían salido en las noticias por apostarse en los diques como su hábitat. Algunos animales ingeniosos incluso se asentaban en los barcos, deleitando a los visitantes y molestando a los dueños de las embarcaciones.

Axel se giró para volver a trotar cuando una figura encapuchada surgió del callejón que había tras los edificios del Ocean Institute. Se trataba de un hombre alto y delgado. Este miraba de forma nerviosa hacia arriba y hacia atrás mientras agachaba la cabeza, apretaba las cuerdas de la capucha y jugaba con un pesado llavero enganchado a su bolsillo. Su forma de caminar no vacilaba, incluso cuando a veces daba algunos pasos hacia atrás, por lo que no estaba ebrio ni drogado. Parecía tener miedo de una persecución, aunque no tenía prisa por escapar.

- ¡Oye! - gritó Axel.

Aquel hombre se sobresaltó, tembló y corrió de nuevo hacia el callejón. Eso fue bien extraño. ¿Qué actividad ilegal podría estar produciéndose aquí? Si ese hombre vendiese o comprase drogas, este, y sus cómplices, habrían permanecido a la sombra del callejón y no se hubiesen dirigido hacia el mar. Por un breve instante Axel pensó en seguir al hombre, pero descartó la idea. El tipo no había infringido la ley.

Tanto la acera como el callejón conducían al mismo aparcamiento. El hombre podía aparecer allí. Axel trotó de nuevo con cuidado sin encontrarse con nadie hasta que pasó por Island Way.

BREA - MARZO DE 2012

Clare, que recientemente había ascendido al puesto de subgerente de la tienda de ultramarinos *The Trader*, ahora era la encargada de cerrar el negocio. Todos los demás empleados habían salido cinco minutos después de la hora de cierre, pero ella se quedaba media hora más para hacer las cuentas, revisar el inventario y cerrar con llave.

Seguían abiertos dos restaurantes y una tienda de artículos de fumador en la plaza; el aparcamiento estaba medio lleno.

Estaré en casa antes de las diez, - pensó Clare de camino a su coche. - Liliana saldrá de fiesta, Alyssa estará cuidando de sus sobrinos y Sandra estará estudiando. Esta noche me acostaré pronto y mañana por la mañana estudiaré... ¿pero qué...?

Un Mercedes blanco, nuevo, brillante y con adornos dorados estaba aparcado en diagonal, ocupando dos plazas de aparcamiento. Su parachoques delantero estaba a centímetros del auto de Clare; el parachoques trasero se encontraba a centímetros de un Jeep abollado al otro lado. El Mercedes estaba encajado en ese lugar a no ser que uno de los coches se moviese. Junto a este, una mujer muy enervada con un peinado platino que parecía un nido de ratas gritaba por teléfono y saludaba a una grúa.

- ¡Ya era hora de que llegaras! ¡Llévatelo! - gritó la mujer al conductor de la grúa, señalando el coche de Clare.

Clare se apresuró en llegar hasta allí. - ¿Cuál es el problema?, - dijo.

- ¡No te quedes ahí parado! - gritó la mujer al conductor de la grúa. - ¡Haz tu trabajo!

- ¿Es este su coche, señora? - preguntó este.

- ¡No, claro que no! ¡El mío es el Mercedes!

- ¿Quiere decir que necesita que me lleve su Mercedes?

- ¡No! ¡Llévate este coche! ¡O ese! ¡No me importa!

El hombre parpadeó. - No puedo llevarme esos coches, señora, si usted no es la propietaria. Están aparcados de forma legal. ¿Es usted la que ha llamado?

- ¡Esos coches me están bloqueando el paso! ¡Muévete!

El espectáculo estaba perdiendo brillo con la repetición.

- Perdona, -dijo Clare al conductor de la grúa. - ¿Podrías detenerte, por favor? Me gustaría salir de aquí.

- A mí también, -murmuró él.

- ¿Este es tu coche? -farfulló la mujer dirigiéndose a Clare. - ¡Me dejaste bloqueada!

- Yo estaba aparcada aquí antes de que tú ocupases dos plazas de aparcamiento. Aparta de mi camino. Me iré y podrás salir por ti misma.

- Después de que me pague por la llamada, señora, -añadió el conductor de la grúa.

- ¡Bueno, ya le has oído!, -gritó la mujer a Clare. -¡Págale!

-No, ella no, -aclaró el hombre. -Usted, señora, llamó sin ninguna razón. Aún tiene que pagar por la llamada.

Clare ignoró la sarta de ordinarieces subidas de tono que se escuchaban y giró bruscamente alrededor de aquella bruja para llegar hasta su auto. Clare esquivó la mano de uñas de rayas rosas y doradas de la mujer, pero después esa psicópata sacudió su bolso con tachuelas y diamantes de imitación.

La policía fichó a la propietaria del Mercedes por los cargos de agresión y posesión de drogas. La mujer hostil era la esposa de un concejal de la ciudad y los policías eran demasiado diligentes con el papeleo, que estaba durando una eternidad. Clare se sintió satisfecha consigo misma por haber dado un paso atrás antes de apretar el gatillo del bote de espray de pimienta; no le causó mucho daño a aquella loca. Clare, Danny, el conductor de la grúa, Rodrigo, el inocente transeúnte considerado testigo clave, y Sharon, que llamó a la policía, estaban atrapados en la sala de espera de la comisaría de policía. Danny era un tipo alegre, Rodrigo era hablador y Sharon miraba su teléfono.

-Esto es mejor que trabajar. - Danny revisó la selección de bocadillos de la máquina expendedora.

-Esta es la segunda vez en este año que tengo que prestar testimonio, - dijo Rodrigo. -Al menos en esta ocasión no hay sangre, - le guiñó el ojo a Clare. Vaya, estaba claro que este quería contar una historia increíble.

- ¿Qué sucedió? - Clare le animó a contarlo.

- Vine a trabajar y vi un charco de sangre en el aparcamiento. Me asusté.

Sharon levantó la vista.

La detective interior de Clare se hizo cargo. - ¿Qué ocurrió? ¿Dónde trabajas? - preguntó.

-Trabajo en el Ocean Institute de Dana Point. Salí de mi auto una mañana y casi pisé el charco. Era más o menos así de grande. - este abrió los brazos como si fuese un pescador alardeando su captura.

- Pensé que aquello era un barrio lujoso. - Danny abrió una bolsa de cacahuetes tostados con chile.

Rodrigo le ignoró. - Llamamos a la policía. Pusieron la cinta amarilla por todas partes. Seis de ellos se quedaron todo el día reuniendo pruebas, - este bajó la voz. - Haciendo el tonto, por si quieres saberlo.

- ¿Qué pruebas? - preguntó Clare.

- No lo sé. Nos dijeron que aquello no era sangre humana.

Sharon volvió a centrar su atención sobre su teléfono.

- ¿Qué era aquello? ¿Salsa de tomate? - Danny le dio la vuelta a la bolsa encima de la palma de su mano y miró con pesar los tres últimos cacahuetes.

- Un león marino. Pensaban que había sido atropellado por un vehículo. Si quieres saberlo, creo que este estaba demasiado lejos del agua.

- ¿Qué ocurrió después del atropello? - Clare se encontraba ahora en pleno modo de investigación. - ¿Dónde estaba el cuerpo?

- No había cuerpo, - negó Rodrigo con la cabeza.

- ¿Cómo puede ser?, - reflexionó Clare.

- Probablemente se lo llevaron los coyotes, - dijo Danny mientras arrugaba la bolsa vacía. - Estos se comieron al perrito de mi cuñada. Se escuchó un ladrido horrible, muy parecido a mi cuñada.

- Los coyotes habrían dejado los huesos y la piel, -especuló Clare. - Si es que hay algún coyote en la zona.

-Tal vez un puma tenía hambre, - Danny miró la máquina expendedora. - Oye, ¿la gente se come a los leones marinos?

Clare se dejó caer en la cama bastante después de la medianoche. Muy pronto el aroma del café recién hecho llegó a su habitación y la despertó. Fue tambaleándose hacia la cocina. ¡Benditas sean las chicas, la cafetera estaba medio llena! Se bebió media taza de un solo trago.

Liliana, Sandra y Alyssa la miraban en silencio.

- ¿Qué?, - se sorprendió Clare.

-Tu vida amorosa se ha terminado, - dijo Liliana. - Nadie te invitará a salir. Para encontrar novio tendrás que mudarte a otro estado. O tal vez a otro continente, - esta encendió su ordenador para enseñar a Clare el titular de las noticias locales: "*Una estudiante utiliza un espray de pimienta durante una discusión por la llegada de la grúa*".

Clare añadió otra cucharada de azúcar a su café.

ORANGE - MAYO DE 2012

El aburrido partido de béisbol en television se prolongó; el anuncio de una carrera de motos por la carretera lo mejoró. Axel sintió una punzada de envidia. ¿Debería comprarse otra motocicleta? Necesitaba una nueva afición. La imagen de la pantalla se tornó en agua de color azul profundo y brillante que salpicaba la arena blanca. Él solía hacer surf. ¿Por qué lo dejó? ¿Cuándo fue la última vez que usó el barco de su padre en el mar?

- ¿Qué?, - le preguntó a Teresa.

- Repito, el contrato de alquiler de mi casa acaba el próximo mes.

-Vale-respondió. ¿Qué le importaba eso a él? Habían pasado dos días desde que aquel sueño con la chica cabalgando en la tormenta se apoderó de él otra vez, pero aún estaba de los nervios. A este ritmo necesitaría litros de licor fuerte o un psiquiatra. - ¿Eh?

- ¡Hazme caso! Has estado viendo la televisión toda la tarde, -se quejó Teresa. -¿Cuándo termina el contrato de alquiler de tu casa?

Una alarma sonó en la cabeza de Axel. -En algún momento del otoño, -dijo.

Ella frunció el ceño. - Bueno, supongo que nosotros podríamos vivir en tu casa hasta entonces.

- ¿Nosotros? ¿Quiénes son "nosotros"?

Ella le fulminó con la mirada. -Tú y yo, -respondió.

- De ninguna manera, -esas palabras se escaparon de los labios de Axel incluso antes de que su significado se registrara en su cabeza. Teresa era una buena compañía para pasar algunas horas a la semana, pero la proximidad continua a esta le llevaría a usar tranquilizantes, preferiblemente sobre ella.

- ¡Solo te he preguntado que si pensarías en que nos mudasemos juntos, y dijiste que sí!

- No escuché la pregunta, -Axel se levantó del sofá. -Será mejor que me vaya. Buenas noches. -fue corriendo hacia la puerta y la cerró de golpe tras él, justo cuando ella le arrojó un recipiente de cristal con relieve para guardar caramelos.

Axel preparó un coctel Margarita con agave, recién hecho para su hermano y para él. - Escucha este mensaje, - dijo.

"¿Estás filtrando mis llamadas?", se quejó Teresa, "Eres el imbécil más odioso, despreciable y engreído que he conocido nunca. Siento mucho haber perdido el tiempo contigo. Me debes un recipiente de cristal con relieve de Waterford, esa es la única razón por la que aún sigo hablando contigo. Espero que me lo traigan a finales de esta semana".

Rhett soltó una carcajada. - ¿Espera que le mandes flores y una disculpa además de eso?

- Y probablemente un anillo de compromiso. -Axel borró el mensaje. - Junto con un castillo, una isla privada en el Caribe y una estación de esquí en el infierno. ¡Por la libertad! - Levantó su copa. - He pensado en comprarme una moto acuática.

- Ten cuidado ahí fuera, - le advirtió Rhett. - No te cruces en el camino de la Chica Dragón.

- ¿Es tu nueva novia?

- ¡Demonios, no! ¡No es mi novia! No puedo imaginar que algún idiota salga con ella, - Rhett se estremeció. - Es la hermana pequeña de Hunn. "Chica" por que es atractiva hasta que habla, y "Dragón" porque aprieta con alegría el gatillo del espray de pimienta. La última vez que vino a un concierto nuestro Hunn la hizo sentarse en el escenario con nosotros.

DANA POINT - SEPTIEMBRE DE 2012

En el último fin de semana de septiembre, cuando las hordas de turistas veraniegos ya se habían marchado y los lugareños abandonaban las playas, Axel transportaba tranquilamente su moto acuática desde el almacén del barco de su padre hasta las brillantes aguas abiertas. En la rampa de carga pública que está junto a la entrada del puerto, una camioneta ligeramente abollada hizo retroceder el remolque hasta el borde del agua y el conductor se bajó para descargar la moto de agua. Reconociendo a Hunn, Axel se dirigió hacia la orilla.

El mundo se detuvo cuando vio a esa chica junto al agua. Esta era de estatura media; su traje de neopreno mostraba sus piernas torneadas. Su cabello castaño bronce estaba cuidadosamente recogido, su piel lucía un bronceado color caramelo dorado, una visera oscurecía su rostro y las gafas de sol ocultaban sus ojos, pero él la reconoció. Ella era la chica de su sueño.

Tío, anímate, - pensó.

- Hace un día perfecto para dar una vuelta, - dijo Axel arreglándoselas para dirigirse a Hunn. Demonios, no. Esa podría ser la novia del mes de Hunn.

- Hay cosas mejores en la vida. - Hunn metió con facilidad la moto acuática de una sola plaza en las aguas poco profundas. - Como las relaciones, el rock and roll y la cerveza fría. En ese orden. Aquí tienes, - le dijo a la chica. - Te dejaré aparcada la camioneta. Ten cuidado con el espray de pimienta, - esta última frase iba dirigida a Axel.

- Gracias. Nos vemos después. - Ella sujetó con habilidad la moto acuática y se quitó las gafas de sol para mirar a Axel. Sus ojos de color verde grisáceo estaban desconcertados y cansados.

- Me llamo Axel, - este se apresuró a presentarse. - ¿A dónde quieres ir?

Ella dudó. - ¿Quién eres tú?

Él sentía que la conocía desde siempre, pero el sentimiento no parecía mutuo.

- Eh...bueno...mi hermano Rhett está en la banda de Hunn. ¿Eres...la...hermana de Hunn?

Tenía una sonrisa arrolladora. - Sí. ¿Te cuesta decir mi apodo?

- Sí. No. Chica Dragón. ¿Tienes un nombre normal?

- Soy Clare, - le extendió la mano para dársela. Axel sintió que conocía la forma de su mano, que había acariciado aquella palma un millón de veces antes. Casi pierde la batalla frente al deseo de acercarla.

- ¿Por dónde sueles moverte?, - preguntó. - Es la primera vez que vengo aquí.

Axel y Clare salieron del puerto juntos hacia las brillantes olas de color azul verdoso. Una pequeña colonia de leones marinos se apiñaba sobre una minúscula boya, y de vez en cuando levantaban una aleta o la cola. Estos habían estado tomando el sol durante mucho tiempo; su pelaje espeso estaba completamente seco, reflejando los matices de color marrón oscuro, marrón dorado, moreno y arena. En el agua todos esos colores se mezclarían en un negro uniforme.

Clare se detuvo. - ¿Cuántos leones marinos hay?, - preguntó.

- Por lo menos cinco. ¿A dónde vas?

- Quiero verlos. ¡Mira ese color! - Clare dirigió su moto acuática hacia los animales.

Un león marino levantó su cabeza brillante y les miró con recelo.

- No te acerques demasiado, - advirtió Axel.

El león marino apoyó su consejo con un ladrido corto.

- Qué raro, - Clare frunció el ceño. - Normalmente ignoran a la gente. Tampoco hay cachorros. ¿Por qué será...?

Sus especulaciones se ahogaron en un coro de sonidos guturales. El león marino grande (el primero que reparó en su presencia) se tiró de nuevo al agua.

- Da la vuelta, - Axel le bloqueó el paso. - Ahora.

- No se comen a la gente.

- Son salvajes e impredecibles...

El león marino tomó aire a unos veinte metros de distancia y volvió a sumergirse.

- ...y lo bastante fuertes como para volcar la moto de agua.

- No son agresivos. - Clare buscó al sigiloso animal con la mirada. - Suelen ser bastante simpáticos. ¿Por qué parecen asustarse ahora?

El león marino emergió y fue directamente hacia ellos.

- ¡Muévete!, - gritó Axel.

Clare aceleró y arrancó la moto acuática. El animal la persiguió y Axel giró su moto para interceptarlo. En el último instante cambió de dirección hacia la izquierda, dándose cuenta de lo ridícula que era la persecución. Las aletas no eran rival para el motor. El león marino se sumergió, con suerte para regresar nadando a la boya, y Axel aceleró para alcanzar a Clare.

Esta se detuvo a esperarle. - ¿Qué te pasa?, - se quejó.

- ¿Te das cuenta de que nosotros, las personas, tenemos una gran desventaja en el agua?

- ¿De verdad piensas que ese león marino embestiría a la moto acuática? - Clare sonaba escéptica. - Ahora, un tiburón sería otra cosa.

Desde el momento en que vio a Axel, Clare tuvo la abrumadora sensación de que le conocía de antes, y no era por ningún parecido familiar entre Rhett y él; la semejanza ahí terminaba con una sonrisa sarcástica. Axel no era tan alto, su cabello rubio oscuro era corto y sus ojos eran de un tono marrón más claro. Después de una acalorada discusión sobre el comportamiento de la fauna marina, estos se marcharon al sur, hacia San Clemente. En las numerosas paradas, intercambiaron los números de teléfono, las direcciones y los correos electrónicos. Como una tonta, ella también le dijo cuál era su horario diario. Planeaban ir al norte, hasta Monarch Beach, ir a correr juntos, quedar para lanzar canastas, ir de excursión por Laguna Canyon cuando el clima fuese más fresco, y algo sobre estar en una cabaña en Big Bear. ¿De verdad a ella se le había escapado "sí, nosotros deberíamos ir", cuando Axel lo sugirió? ¿Quiénes eran "nosotros"? Esa debería haber sido la pregunta. Acababa de conocer al chico.

Axel terminó de cargar su moto acuática en el remolque. - Conduce con cuidado, - dijo.

- Siempre lo hago, - Clare sonrió. Hace solo unas horas esta no sabía de la existencia de él, pero ahora ellos habían... ¿vuelto a conectar?

Una sombra de confusión y determinación parpadeó en el rostro de Axel antes de que este la atrajera en un abrazo y la besara en la sien. - Nos vemos mañana, - asintió.

- Sí, - dijo Clare. El contorno de su mandíbula le resultó familiar bajo la palma de su mano.

Me ducho, me seco, me pongo un poco de crema hidratante, me visto y salgo corriendo por la puerta; dejaré que mi pelo se seque por el camino, puedo lograrlo en quince minutos. Eso me deja veinte minutos para conducir hasta el trabajo; llegaré a tiempo, - calculó Clare mientras se acercaba al garaje de Hunn.

- Llegas tarde, - advirtió este.

- Vale, ya sabes, el tráfico y todo eso, - mintió Clare. Ella se había quedado en Dana Point un par de horas más de lo que tenía previsto en un principio, pero eso no era asunto de su hermano. Hoy, había sido el día más raro de su vida.

- Sí, claro. - Hunn analizó su rostro con más escrutinio del que a ella le preocupaba.

Randy apareció en la puerta principal. - Cariño, estábamos tan preocupados por ti...la próxima vez, yo..., - dijo.

- Cállate, estúpido. - Clare cambió intencionadamente el bote de espray de pimienta a otro bolsillo.

- Querida, he oído que tu irresponsable hermano te dejó allí con un extraño, - los ojos de Randy siguieron el gesto de la chica, pero por lo visto su mente estaba desconectada de la realidad.

- Piérdete, sabandija.

- Tío, algún día te sujetaré mientras ella da patadas en tu pobre culo, - predijo Hunn con alegría, empujando a su amigo fuera del camino para poder seguir a Clare hasta su auto. - ¿Y cómo estaba el mar hoy?, - preguntó inocentemente.

- Azul y tranquilo. ¿Y qué tal estuvo tu cita?

Hunn se apoyó en la puerta del coche. - Linda es un encanto. Pensé que la policía te había detenido para que les contaras por qué usaste el espray de pimienta. ¿Qué ha pasado?, - su hermano se ponía en un modo persistentemente sobreprotector cuando ella menos deseaba que lo hiciese.

- Nos hicimos amigos de una manada de delfines.

- "¿Amigos?" "¿Nos?", - repitió Hunn con sarcasmo. - ¿El hermano mayor de Rhett y tú? ¿De verdad? Es un milagro.

Clare le apartó con el hombro y abrió la puerta del vehículo. - ¿Qué sabes sobre Axel? -preguntó.

- No esperes mucho de él. Este no hace demasiados esfuerzos para mantener las relaciones; es un caso continuo. Ser un capullo le debe venir de familia.

- ¿Ya has acabado?

Hunn se rascó su interminable barba de tres días de color marrón rojizo. - Creo que Axel rompió con su última novia porque esta le presionó para que se casara con ella. Pregúntale a Rhett si quieres saber más detalles, - dijo.

Clare cerró de golpe la puerta del coche y encendió el motor. No quería oír hablar de las exnovias de Axel.

DANA POINT - OCTUBRE DE 2012

Axel se sentó en el suelo del baño para iluminar a fondo con la linterna el armario que estaba bajo el lavabo, donde este había encontrado el champú de vainilla, melocotón, rosa y otro aroma indeterminado, y lo tiró rápidamente a la basura. Había limpiado su casa por completo para asegurarse de que no quedase ni el más mínimo rastro del rostro de su exnovia. Revisó cada cosa dentro del armario, el vestidor y la mesita de noche. Ahora se encontraba dando pasos para deshacerse del desorden general que se había acumulado durante los dos años que llevaba viviendo aquí. Dicho lo cual, Axel ya no veía la mesilla. ¿De dónde habían salido todas esas revistas? Axel ordenó el montón de ejemplares y tiró la mayoría de estos a la basura; no necesitaba revistas científicas del año pasado, y seguramente no había comprado ni leído revistas de moda ni revistas sobre cotilleos de famosos. Pero estuvo a punto de hacerlo, maldición. Arrojó la pila de revistas a la papelera de reciclaje y regresó para inspeccionar cualquier otro lugar que su exnovia pudiera haber contaminado. ¿Los armarios? ¿La nevera? ¿La despensa? Los revisó todos.

. . .

Clare hacía malabares con una agenda ocupada y Axel trabajaba en horarios irregulares, pero se las arreglaban para verse casi todos los días para desayunar o para comer, o para salir a trotar, o para lanzar canastas (por ahora ganaba Clare dos a uno; tenía un talento para ello). Estas actividades estaban muy bien, pero reunirse para cenar fue una ocasión estupenda que les llevó casi un mes coordinar. Él hizo una reserva en el asador y ella llegó a su casa a tiempo (siempre era puntual), luciendo asombrosamente bella con unos pantalones vaqueros ajustados y un suéter de seda de color azul bajo una chaqueta de cuero marrón.

- ¿Damos un paseo por la playa?, - sugirió Axel después de cenar.

- Eres un romántico.

- En absoluto, - le abrió la puerta del auto. - Conozco un lugar donde están los leones marinos.

La cala estaba desierta, pero las luces del aparcamiento brindaban una iluminación acogedora sobre la acera. Axel y Clare se quedaron un rato más en el pequeño muelle de madera antes de pasar por delante de la réplica del edificio de la aduana, el bergantín Pilgrim y el Ocean Institute. Caminaron tranquilamente hasta el mismísimo borde de la pequeña laguna que había al fondo del acantilado de Dana Point. El embarcadero se extendía hacia la izquierda y una estrecha franja de playa aparecía a la derecha. Con la marea baja se podía ir a pie por una playa rocosa solitaria hasta la cueva, pero hoy, las olas llegaban casi hasta las escaleras de hormigón y el arco de la playa no era más que una franja de treinta metros. La luna luminosa brillaba sobre la gran roca en el agua en la que los leones marinos, adormecidos por el fuerte oleaje y la luz tenue, se habían colocado para pasar la noche. Uno de ellos giró la cabeza hacia donde estaban los chicos y ladró.

Son las diez y todo está bien, - pensó Clare.

El león marino, al parecer en desacuerdo, elevó la parte superior de su cuerpo y miró hacia el Ocean Institute. Axel y Clare bajaron las escaleras con cuidado hasta la arena, donde se refugiaron del viento húmedo y frío. En la roca, el animal seguía mirando inquieto hacia la orilla.

- Aquí nos superan en número, - advirtió Axel solo medio en broma.

- Nosotros, las personas, tenemos ventaja en tierra, - bromeó Clare.

Otros leones marinos se movían con nerviosismo y gruñían suavemente. Axel y Clare empezaron a subir las escaleras, pero se detuvieron cuando dos tipos salieron del callejón que había detrás del edificio del Ocean Institute. Los hombres llevaban puesta ropa de pescador y pasamontañas. El más bajo de los dos llevaba una carretilla, el más alto y delgado llevaba un poste largo con una soga en el extremo de este. Con nerviosismo, este se puso la capucha de su sudadera sobre su pasamontañas y dio varios pasos hacia atrás, frente a las luces tenues del Ocean Institute. Un llavero pesado colgaba de su bolsillo.

Los laterales cerrados de las escaleras brindaban un refugio bastante bueno. Axel pidió silencio y condujo a Clare de nuevo hacia la arena, donde estos se agacharon junto a las rocas.

- Quédate detrás de mí y no te muevas. Sea lo que sea lo que estén planeando hacer, no quieren testigos, - susurró Axel.

Los hombres se detuvieron en la orilla. El más alto de ellos bajó por las rocas, y el león marino más grande ladró fuertemente a modo de advertencia urgente. Con pánico, los leones marinos comenzaron a deslizarse y a saltar al agua. Ese hombre movió el poste hacia delante y el lazo atrapó a un animal alterado. La soga se apretó alrededor del cuello del león marino; el hombre levantó el poste. El hombre más bajo levantó el rifle. Se produjo un destello brillante; las olas que chocaban en la orilla retumbaron sobre el disparo amortiguado; el cuerpo del animal se desplomó.

- ¡No! - Clare ahogó un grito.

El cazador apoyó el rifle en un banco para bajar y ayudar a llevar el bulto sin vida.

- ¡Para! -Axel hizo retroceder a Clare. - ¿Estás loca?

Ella luchó contra su agarre. - Les rociaré con espray de pimienta mientras tú consigues el rifle...

Axel inmovilizó a la chica en el lateral cerrado de la escalera. - No puedes usar el espray de pimienta cuando el viento sopla en tu cara, - dijo.

Los cazadores furtivos terminaron de cargar la carretilla y se apresuraron en ir hacia el callejón trasero.

- ¡Pero se están escapando! - Clare dejó de luchar y sus ojos se inundaron de verdadera tristeza. - ¿Por qué mataron al pobrecito animal?

- Por su piel, - respondió Axel muy serio. Los leones marinos están protegidos por la Ley Marina, pero esta nunca frena a los delincuentes (cazadores furtivos en este caso). Estos regresarían, y la próxima vez un corredor desprevenido o una pareja podrían ser los que tropezasen en medio de sus actos. Axel también sintió pena por los animales. Los leones marinos normalmente confiaban en las personas para convivir pacíficamente con ellas. -Quédate aquí y llama a la policía, - dijo.

- ¿Qué vas a hacer?

- Su vehículo debe estar aparcado al otro lado del edificio. Conseguiré el número de la matrícula.

Clare asintió y buscó en su bolsillo. - Toma el espray de pimienta, - le ofreció.

¿Y dejarla indefensa si esos tipos regresaban inesperadamente? No. Axel se quitó los zapatos y corrió sigilosamente por la acera, junto al borde del mar, esperando fervientemente que Clare se quedase atrás. En la esquina, se detuvo para recuperar el aliento entrecortado antes de mirar con cuidado a su alrededor. Una furgoneta estaba aparcada en el callejón. Axel avanzó junto a la pared hasta el vehículo. Faltaba la matrícula delantera. Este no podía dar la vuelta para mirar la matrícula trasera; los cazadores furtivos le verían. Axel siempre llevaba una pequeña navaja plegable y una vez más, esta le resultó útil; se lanzó hacia delante y pinchó el neumático delantero justo cuando el sonido de la carretilla chirriante se detuvo. La puerta trasera de la furgoneta se abrió de golpe. Axel se quedó apoyado todo lo que pudo en la pared.

Los cazadores furtivos cargaron su botín en la furgoneta. El hombre más bajo, con el rifle al hombro, se sentó en el asiento del copiloto. El conductor encendió el motor y se movió unos metros antes de darse cuenta de que había un problema. El otro hombre bajó del coche.

Axel se obligó a sí mismo a quedarse totalmente quieto; llevaba puesta una chaqueta negra y unos pantalones vaqueros oscuros. Con suerte, la luz de los frenos sería demasiado débil para iluminarle.

El cazador furtivo se agachó para revisar la parte delantera del vehículo. - Enciende las luces - le dijo al conductor.

Después de una breve discusión con blasfemias incluidas, el conductor se bajó y encendió la linterna. Tras un momento de silencio pasmado, el hombre maldijo y barrió la zona con la luz. El destello brillante cegó a Axel momentáneamente. Este se dejó caer para agazaparse en el suelo, mientras buscaba frenéticamente cualquier cosa que pudiese usar como arma provisional. Tenía la cartera, las llaves del auto y el teléfono, pero no quería lanzar ninguno de ellos. La navaja era demasiado pequeña, así que agarró una piedra justo cuando el hombre se llevaba el rifle al hombro.

Una alarma lejana estalló en la distancia y una silueta salió de la esquina del edificio.

- ¡Policía! ¡Deja el arma en el suelo! - la voz de Clare sonó claramente. Su silueta se definía nítidamente contra el cielo; sostenía los brazos como si estuviese apuntando con una pistola, pero sus botas de tacón delataban su condición de civil.

El cazador furtivo dudó.

Axel lanzó una piedra antes de que el hombre tuviese tiempo de mejorar su puntería con el rifle. El arma cayó al suelo. Un disparo fuerte y salvaje resonó en el aire justo cuando el inconfundible ruido de los neumáticos chirriando y la imagen de las luces brillantes en la entrada del aparcamiento avisaban de la llegada del verdadero cuerpo de policía. Después de mirar por encima del hombro, el cazador furtivo dejó caer el rifle y se lanzó por Clare. Axel saltó hacia delante para abordarle. El hombre agitó los brazos y alcanzó el cuchillo de caza que llevaba en el cinturón. Axel le agarró por la muñeca y estos forcejearon bajo las luces de la patrulla que se deslizó hasta detenerse junto a la furgoneta. Axel finalmente golpeó al hombre en el estómago y despejó el camino para los dos hombres con uniforme. Los policías pusieron al cazador furtivo en el suelo y le colocaron las esposas. Su cómplice se encontraba escapando por el aparcamiento con la linterna encendida todavía en la mano. Un perro pastor alemán se le acercaba y otro policía trataba de alcanzar al perro.

Clare se adelantó tranquilamente - Hola, - dijo a los policías - yo...

- ¡Te dije que te quedases atrás! - estalló Axel. - ¿Qué diablos estabas pensando? No tenías nada que hacer aquí...

- ¡Podrían haberte disparado!

- ¡Tenía la situación bajo control!

Ella le fulminó con la mirada. - No, no la tenías.

- ¿Crees que tu espray de pimienta es rival para un rifle?

Clare le arrojó sus zapatos. - El viento estaba a mi espalda. Si él hubiera cambiado de objetivo, yo hubiese tenido tiempo de esconderme tras la esquina...

Axel se quedó sin palabras.

- Tranquilízate, - dijo uno de los policías. - Tú debes ser el novio tonto que se ocupó de los sospechosos por su cuenta.

- ¿Hmmph? - respondió este.

- Cállate, - susurró Clare. - La policía llegó aquí tan deprisa porque eso fue lo que conté.

Los policías metieron a uno de los cazadores furtivos en la patrulla y se fueron a ayudar a su compañero y al perro a esposar al otro delincuente. Axel se ató lentamente los cordones de los zapatos para calmarse. Consiguió lo primero, pero no lo segundo.

- ¡No vuelvas a entrar en acción nunca más! No, no importa, eso no volverá a ocurrir, - dijo este. - ¿Planeabas dejarle fuera de combate con mis zapatos?

- Le hubiese rociado con espray de pimienta, - respondió poco seria. - Y, además llevo años haciendo kickboxing.

Las declaraciones ante la policía no llevaron mucho tiempo. - Aquí tenemos suficientes pruebas sin ustedes, - dijo el agente mientras les despedía tras una breve conversación. - No hagas nada estúpido la próxima vez, - le aconsejó a Axel.

Clare y Axel regresaron conduciendo en silencio pensativo. El tráfico en la autopista I5 avanzaba fluido. Las luces rojas traseras y las luces blancas proyectan sombras extrañas, alegres por un momento y grotescas al siguiente. Clare temblaba. El miedo, contenido por el subidón de adrenalina, se manifestaba ahora y ella luchaba por controlar el temblor de sus manos.

- ¿Tienes frío? - Axel buscó a tientas la calefacción del auto.

Sus manos se mantenían perfectamente firmes y su voz muy tranquila.

- Esto ha sido toda una aventura, - dijo. - Una noche para recordar.

- Y para no repetir jamás. Quiero decir, para no repetir jamás la parte de enfrentarse a unos delincuentes. - Axel la miró. - ¡Da igual cuántos botes de espray de pimienta lleves a una cita!

- La próxima vez traeré otro bote más para tus heroicas hazañas.

- La próxima vez no sugeriré nada tan estúpido como un paseo por una playa desierta. En serio, ¿siempre llevas encima el espray de pimienta?

- Sí. No salgo de casa sin él.

- Chica Dragón. - Axel sonrió. - ¿Lo guardas debajo de la almohada por la noche?

- No. En la mesita de noche.

- Qué bien.

Clare analizó el perfil de Axel. Casi todos los días este se esforzaba por reunirse con ella causando el menor inconveniente posible, pero ella siempre tenía que salir corriendo a una clase o al trabajo. Hoy era la primera vez que Clare venía a su casa y esta se sorprendió de que la decoración de su salón incluyese una espada colgada en la pared. Su imaginación voló descontrolada; durante una fracción de segundo, cuando este abordó al cazador furtivo, Clare tuvo una imagen momentánea de Axel vestido con un sombrero de ala ancha con plumas, botas altas y una espada en la mano. Obviamente esta había leído demasiadas historias sobre espadachines. Axel era un tipo del siglo XXI por completo, un experto en seguridad de Internet en...dondequiera que trabajase. ¿Por qué no sabía ese detalle todavía?

- ¿Para qué compañía trabajas?, - preguntó Clare.

- Esa es una pregunta repentina, -respondió él tras una breve pausa. - ¿Por qué me lo preguntas?

- Después de revisar tu carnet de conducir y el otro documento que le entregaste, el policía quiso deshacerse de ti muy rápido.

- Estás aprovechándote de tu detective interior.

-Estás evitando darme una respuesta, - señaló ella.

Axel asintió descaradamente. - Esto no es algo que normalmente vaya contando por ahí. Quiero pedirte que lo guardes en secreto, - dijo.

- No se lo diré a nadie, - prometió.

Axel se centró cuidadosamente en salir del atolladero. - Trabajo para la división del FBI del Centro de Denuncias de Delitos en Internet, - dijo al fin.

Ella no dudaba de sus palabras. Axel actuó con calma y deliberadamente al lidiar con los cazadores furtivos y con la policía, y estaba en muy buena forma física.

- ¿Te he dicho alguna vez que pensé en hacer carrera como agente del FBI?, - preguntó Clare.

Axel suspiró profundamente, irritado. - De ninguna manera. Eres incapaz de seguir instrucciones, ni órdenes, - dijo.

-Tú tampoco eres un tipo complaciente. ¿Cómo te las arreglas?

Él se rió. - Mis jefes no tienen ni idea de lo que hago y en el ciberespacio no hay reglas. Las órdenes que recibo pueden resumirse en "hacer lo que sea necesario", - comentó.

Clare se cambiaba el teléfono móvil de una mano a otra, de forma distraída. - ¿Puedes decirme exactamente qué es lo que haces?, - preguntó.

Detenido en sus pensamientos, Axel se giró hacia ella. - La descripción glorificada de mis responsabilidades consiste en "acabar con los ciberdelitos". En lenguaje simple, soy un pirata informático que se encuentra del lado de la ley, - explicó.

. . .

Clare caminó a regañadientes hasta su coche por los exuberantes senderos ajardinados del complejo de apartamentos. Las luces amarillas iluminaban cada palmera pigmea y cada ave del paraíso, proyectando un resplandor dorado en el sinuoso recorrido. Todas las ventanas de alrededor estaban cerradas y todo estaba en silencio, salvo un murmullo lejano y apagado del tráfico de la calle. Axel y ella nunca pasaban suficiente tiempo juntos...

El brazo de él rodeo su cintura. - No te vayas. Ven y tómate una copa conmigo, - pidió Axel.

- Sí. - Clare se escuchó a sí misma aceptando la invitación. - Solo una mañana podría dormir hasta tarde.

Axel la abrazó para besarla en los labios con ternura. - Clare, lo que realmente quería decir, es que te quedes conmigo esta noche y para siempre, - dijo.

ACLARACIÓN DE LA AUTORA

En Dana Point los leones marinos normalmente se divierten en las aguas del puerto y más lejos. Estos suelen estar en los muelles, en las rocas de la costa y en las boyas. Los leones marinos son animales sociales e inteligentes y por lo general, evitan cualquier enfrentamiento con las personas.

Las actividades de caza furtiva que aquí se relatan son pura ficción. Ningún león marino sufrió daños durante la escritura de esta historia.

Querido lector:

Esperamos que haya disfrutado leyendo "Clare y Axel". Por favor, tómese un momento para dejar su comentario, aunque sea breve. Su opinión es importante para nosotros.

Encuentre más libros de Z.A. Angell en:

https://www.nextchapter.pub/authors/za-angell-historical-fiction-author

Atentamente,

Z.A. Angell y el equipo de Next Chapter

Clare Y Axel
ISBN: 978-4-82410-080-1

Publicado por
Next Chapter
1-60-20 Minami-Otsuka
170-0005 Toshima-Ku, Tokyo
+818035793528

25 Agosto 2021

www.ingramcontent.com/pod-product-compliance
Lightning Source LLC
LaVergne TN
LVHW041521190726
843491LV00009B/2836

* 9 7 8 4 8 2 4 1 0 0 8 0 1 *